Na Chéad Imeach

AG DUL GO DTÍ AN CHÓISIR

Buntéacs Anne Civardi
Pictiúir Stephen Cartwright
Comhairleoir Betty Root
Aistritheoir Aoibheann Uí Chearbhaill

Tá lacha bheag bhuí i bhfolach ar gach leathanach dúbailte. An féidir leat teacht uirthi?

Muintir Cheallacháin

Muintir Cheallacháin anseo. Tá Eithne cúig bliana agus Eoin trí bliana d'aois. Tá coileán ag Eoin. Bruadar is ainm dó.

An Cuireadh

Tugann fear an phoist litir mhór d'Eithne. Seo cuireadh don chóisir a bheidh ag Liam Ó Luain Dé Sathairn.

Ag Ullmhú an Fheistis

Beidh cóisir speisialta ag Liam. Gléasfaidh a chairde uile iad féin mar arrachtaí fíochmhara.

DAIDEO

MAMÓ

Cabhraíonn Mamó le Daidí agus le Mamaí chun an feisteas a dhéanamh. Féach! Tá Daideo ag pleidhcíocht!

Ag Fáil Bronntanais

Tugann Mamaí Eithne agus Eoin go dtí an siopa bréagán chun bronntanas a fháil do Liam. Is mian le hEithne róbó a cheannach dó.

Tá na Páistí Réidh

Ar an Satharn cuireann Eithne agus Eoin an feisteas orthu féin.
Tá siad réidh le dul go dtí an chóisir.

Cóisir na nArrachtaí

MÁTHAIR LIAM

ATHAIR LIAM

LIAM Ó LUAIN

Tá Liam Ó Luain sé bliana inniu. Tugann Eithne a bhronntanas dó. Cuireann Eoin eagla ar an gcat.

Tá arrachtaí eile anseo freisin. Tháinig cailleach, taibhse, agus a lán ainmhithe fíochmhara.

Ag Oscailt na mBronntanas

Faigheann Liam a lán bronntanas. Tá sé an-sásta leis an róbó a fuair sé ó Eithne agus Eoin.

Glacann a mháthair liosta de na bronntanais a thug a chairde do Liam. Scríobhfaidh Liam a lán litreacha buíochais amárach.

An Chóisir Tae

Tá am tae ann anois. Tá ceapairí, cístí agus uachtar reoite le n-ithe ag na páistí.

Tá cáca seacláide ag Liam agus tá taibhse ar a bharr. An féidir leis na coinnle go léir a mhúchadh d'aon iarraidh?

Cluichí

Tar éis an tae imríonn na páistí a lán cluichí. Anois tá seans ag Eithne an t-eireaball a ghreamú den mhuc.

Bronnadh na nDuaiseanna

Buann Eoin an chéad duais sa chomórtas don fheisteas is fearr.
Buann na harrachtaí go léir duaiseanna.

Ag Dul Abhaile

Tá an chóisir thart. Tá Eithne agus Eoin ag dul abhaile.
Tugann máthair Liam bronntanais bheaga dóibh.

Arna fhoilsiú ag Gill and Macmillan Ltd
Goldenbridge
Baile Átha Cliath 8
agus cuideachtaí comhlachta ar fud an domhain

© Usborne Publishing Ltd 1986
© eagrán Gaeilge, Gill and Macmillan Ltd 1991

arna chlóbhualadh sa Phortaingéil